한국 희곡 명작선 180

'제나 잘콴다리여~!'

한국 희곡 명작선 180

'제나 잘콴다리여~!'

강제권

평민사

상제권

'제나 잘콴다리여~!'

※ 잘코사니라는 순 우리말의 제주도어. 제주에 남아서 통용되고 있다. 아유 샘통이다. 고소하다라는 뜻.

등장인물

하르방
할망
족은 할망
우진

때

현대, 2022년 어느 날.

장소

김포공항. 제주국제공항, 제주도 남원읍 수망리 어느 시골집.

여기는 김포공항. 하와이안 남방과 반바지를 입은 여행 캐리어 차림의 우진. 어딘가 많이 들떠 있는 모습. 콧노래를 부르며 어디론가 전화를 건다.

우진 자기 어디야?

미란 (전화 받으며 등장한다) 미안. 나 조금 늦을 거 같아.

우진 아직도? 비행기 시간 한 시간밖에 안 남았는데 괜찮겠어?

미란 나 다음 비행기 타고 갈 테니까 먼저 내려갈래?

우진 뭐야 정말! 그 회사 너무하네? 연차 쓴 날에 이렇게 불러도 되는 거야?

미란 급한 거라 어쩔 수 없잖아. 먼저 가 있으면 내가 곧 갈게. 이따 봐~!

우진 알았어. 조심히 와.

미란 응. (누군가 부르는 소리에 답변하며) 네 부장님~! (퇴장한다)

전화를 바라보는 우진. 많이 아쉬운 표정. 캐리어를 끌고 퇴장한다.

공항방송이 나온 후 비행기 방송이 나오고 어느덧 제주.

제주공항. 우진이 캐리어를 끌고 나온다. 멋진 경치에 기분이 좋아졌다. 선글라스를 끼고 흡족해하며 전화를 건다.

우진 떠나요~ 둘이서 모든 걸 훌훌 버리고~

미란 (다시 등장하며) 잘 도착했어?

우진 그럼~

미란 어디야?

우진 제주국제공항! 여기 완전 동남아네~ 야자수에 선인장에, 날씨도 후덥지근하고. 제주도 푸른 밤 그 별 아래~

미란 기분 좋구나~ 근데 어쩌지? 나 좀 더 늦을 거 같은데?

우진 뭐? 얼마나 더?

미란 글쎄 수정 다 하고 가야 해서. 언제 끝날지는 모르겠어. 내일 당장 PT라.

우진 휴가 하루 날리는 거잖아.

미란 걱정 마. 휴가 하루 더 준다고 했어.

우진 뭐야 정말… 숙소는 어디야?

미란 숙소? 우리 할머니댁.

우진 뭐??? 할머니댁?? 호텔이 아니고?

미란 그래~ 할머니가 꼭 오라고 했단 말이야.

우진 아니 인사만 하는 거라매?

미란 울 할머니가 자기 꼭 보고 싶어 했단 말이야.

우진 아니 그럼 잠깐 들리면 되는 거지 왜 거기 가서 자냐고?

미란 거기 방 있어.

우진 아니 그래도 거기서 왜 자?

미란　울 할머니가 손자사위 오는 거 얼마나 기다렸는데 꼭 그렇게 말해야겠어?

우진　아니 그게 아니라… 왜 나하고 의논도 안 하고.

미란　자기 꼭 이래야 해?

우진　아냐. 알았어.

미란　뭘 알았어?

우진　갈게. 가면 되잖아.

미란　어딜?

우진　할머니 댁.

미란　왜?

우진　아니~ 할머니 댁에 가서 인사도 드리고 잠도 자고.

미란　억지로?

우진　아냐 억지로 아니고 갈게.

미란　싫으면서. 억지로 하려니까 힘들지?

우진　아냐. 괜찮아. (사이) 근데 너 올 때까지 공항서 기다려서 같이 가면 안 될까?

미란　또 시작이야? 왜?

우진　아냐 아냐. 근데 어떻게 나 먼저 가 뻘쭘하게. 길도 모른단 말이야.

미란　택시 타고 가면 되지. 할머니 어젯밤부터 우리 온다고 잠도 안 주무셨단 말이야.

우진　아우 진짜… 그냥 여기서 기다리면 안 될까?

미란　그럼 우리가 한 약속 무른다?

우진 약속?

미란 할머니 눈에 딱 들어서 나중에 할머니 재산도 물려받고.

우진 내가 날아가서 할머니께 애교도 부리고 아양도 떨고 잘 하고 있을게.

미란 어머 뭐야? 재산 얘기하니까 싹 달라지냐?

우진 아니야. 난 황금을 보기를 돌. 어 저기 돌하르방 겁나 큰 게 너랑 비슷하게 생겼다야?

미란 죽을래?

우진 농담이야~ 아무튼 오늘 빨리 마무리하고 내려와. 난 가서 할머니 사랑 받고 있을 테니.

미란 알았어.

우진 근데 자기야 할머니는 어떤 분이야?

미란 가보면 알어~ 근데 자기야.

우진 어 말해.

미란 아니야. 파이팅~!!

우진 파이팅?

미란 손주사위로 점수 잘 따라구.

우진 맡겨줘. 내가 그런 건 잘 하잖아.

미란 끊자. 부장이 빨리 가져오라 난리다. 이따 봐.

우진 미란아 미란아 주소 불러줘야지.

미란 남원읍 수망리 150 네 부장님~ (퇴장한다)

우진 여보세요 여보세요?

우진 전화 끊고 한숨을 후 하고 내뱉는다. 여기저기 둘러본다. 돌하르방, 선인장하고 사진을 찍는다. 한참을 둘러보다가 택시를 잡는다.

우진　택시 택시~!!!
기사　(멀리서) 이십써~~~~!
우진　20? Sir?

경쾌한 음악과 함께 범상치 않은 택시가 우진 앞에 선다.

기사　탑서.
우진　예?
기사　탑서~! 타! 타!
우진　아 예. (택시에 오른다)
기사　혼저옵써.
우진　예? 저 혼자입니다.
기사　그게 아니고 어서 오십시요라는 말입니다.
우진　아 예.
기사　육지서 옵디까?
우진　예?
기사　육지에서 오셨냐고요?
우진　아 예 육지 하 육지 맞죠. 육지서 왔습니다.
기사　오잰허난 속아수다.

우진 예? 속아요? 누구한테요?

기사 오시려고 고생했단 말이우다.

우진 아 네~ 사투리를 전혀 알아들을 수 없네요.

기사 경헐텝주. 알아지믄 그게 제줏말이쿠과?

우진 경헐… 아 이건 알아듣겠네요. 알아들으면 그게 제주말이냐는 말이죠??

기사 아이고 요망지우다예?

우진 요… 요망? 제가 좀 건방졌나 보네요.

기사 아니우다. 똘똘하다는 말이우다.

우진 뭐가 이렇게 어려워요?

기사 게매예. 다 경 고릅니다.

우진 게매예는 무슨 말이야… 경 고릅니다는 또 뭐고…?

기사 어디레 돌아다 안 냅니까?

우진 돌아다닐 게 아니구요. 여자친구 집을 찾아 갈 건데요.

기사 그게 아니라 어데 감수광?

우진 아 이거 알아요. 감수광 감수광 날 어떵허랜 감수광. 우리 어머니가 좋아하는 노래라 많이 들어봤어요.

기사 (우진을 한심하게 쳐다보며) 손님…?

우진 (당황하며) 아 네. (주소를 보여주며) 여기 부탁드릴게요.

기사 (종이를 한참보다) 그디 줄로 존둥이 보끈 메고 꽉 심읍써.

우진 예? 뭘 심어요?

기사　　손잡이 꽉 잡고 안전띠 맵서.

우진　　아! 네 (안전벨트를 매면서) 진작 표준어로 해주면 될 걸….

기사　　무시거마씨?

우진　　예? 저 아무것도 마시지 않았는데요?

기사　　에고 귀눈이 왁왁헌 모양이여….

우진　　예? (꽉꽈?)

기사　　가쿠다.

하는 소리와 동시에 차가 출발한다. 경쾌한 노래가 나오면서 이리저리 다니는 택시. 잠깐 세우고 사진도 찍어주고 먹을 것도 사와서 나눠먹고 하는 행위들을 하는 두 사람. 마침내 목적지에 도착한 택시.

기사　　다 와수다.

우진　　너무 친절하시네요.

기사　　기사들은 다 친절하주마씸.

우진　　생각보다 머네요. 제주도 한 바퀴 돈 기분이네요.

기사　　에이 무신 그런 농담을. 제주도가 서울보다도 막 큰 디우다. 서울사름덜은 한라산 우이서 공차민 바당에 공이 퐁당 빠지는 줄 아는 촌놈덜도 하덴핸게… 한 바쿠는 안 돌아수다. 반 바쿠 돌았주.

우진　　예? (뭐라는 거야? 도대체 알아들을 수가 있어야지) 얼마

예요?

기사 (손가락 세 개를 편다)

우진 3만 원요? (지갑을 연다) 여기.

기사 장난 햄수꽈? 3만 원이 아니라 3십만 원이우다.

우진 예? 무슨 택시비가 30만 원이 나옵니까?

기사 무사 이디저디 다니멍 사진도 찍곡 맛존 것도 먹곡 안 해수꽈?

우진 사진… 그건 제가 부탁드린 게 아니잖아요. 기사님이 찍어주셨지

기사 게민 무사 나 차 탑디가? 나찬 관광택시우께. 그냥 택시가 아니라마씨.

우진 그게 무슨 차이죠?

기사 관광택시는 손님덜 태왕 돌아댕기멍 관광시키는 택시우께. 일반택신 시내빵 뛰는 거고.

우진 아니 처음부터 말씀해주셨어야죠.

기사 아니 바까띠 번찍 붙여놔신디 무신 말이꽈?

우진 번찍? 바까띠? 그게 뭐예요?

기사 밖에 붙여놔수다. 봐봅서.

우진 (밖에 나가서 보며) 이건 광택이라고 써져있는데요?

기사 (접힌 걸 펼치며) 자 관광택시 맞지예?

우진 아니 무슨 이런 경우가….

기사 제기 주십서 또 돈 버실래가사허난.

우진 아니 그래도….

기사　게민 파축소로 가시쿠과?

우진　파축소?

기사　경찰서마씨. (사이) 게건 20만 원만 줍써.

우진　현금이 (지갑을 보다가) 15만 원밖에 없는데….

기사　게믄 그거라도 줍써.

우진　(불쌍한 표정 지으며) 그래도 아직 많은 거 같은데.

기사　(전화를 걸고) 아니되켜. 그만이 골으민 알아들어사는 디… 어 김경장이냐? 나라 만복이성. 이디 차비 안 내는 손님이신디….

우진　(돈을 황급히 건네며) 낼게요 자 여기.

기사　어? 아니아니 그런 사름이시믄 어떵허느니 들어보젠 전화했져. 심어가사지이? 어 알았져. 언제 술 혼 잔 하게. 기여 끈엄쪄이. (정중하게) 그럼 손님 제주에서 즐거운 시간 되세요.

기쁜 표정을 하며 퇴장하는 기사. 그 모습을 어이없이 바라보는 우진.

전화를 꺼내서 전화를 한다.

우진　어 자기야.

미란　(다시 등장하며) 도착했어? 왜 이렇게 늦었어?

우진　어 아니 어떤 기사가 여기저기 빵빵 도는 바람에.

미란　할머니는 만났어?

우진 아직.

미란 울 할머니 성격이 소녀처럼 나긋나긋하시고 조용하시거든.

우진 그래?

미란 어 자기랑 잘 통할 거야. 얘기 잘 해봐.

우진 자긴 언제 오는데?

미란 지금 보고서 검토 들어갔으니까 곧 통과되지 않을까? 우리 할머니 많이 배운 여….

우진의 전화기가 꺼진다.

우진 아 뭐야. 밧데리 다 됐네… (가방을 뒤진다) 보조배터리도 깜빡하고 안 가지고 왔네. 충전기도 없고 날도 저물고 돌겠다….

두리번거리다 이윽고 집을 발견한다. 밝은 표정으로 우진 퇴장한다.

장면이 바뀌면 시골집 마당. 마당 한가득 빨래가 널려있다. 할망이 궁시렁거리며 나와 널어놓은 빨래를 거둔다. 우진이 두리번거리며 들어온다.

우진 (할망을 보며) 저기….

할망, 천천히 돌아 우진을 본다.

우진 안녕하세요?

할망 누겐디?

우진 예? 안녕하세요 저 미란이….

할망 미란이? 미란인 무사? 미란인 이디 어신디?

우진 무사? 저 미란이 남자친구….

할망 가이 이디 어신디? 시집간 아인 무사 촟암시니?

우진 시집? 아 네! 저 미란이랑 결혼할 신우진이라고 합니다.

할망 아~ 저 웃뜨르 미란이 가이냐~~ 느가 가인다?

우진 (웃트레 미란이? 가이? 할머니가 영어를 잘하시나보다) 네 미란이 가이! 남자입니다.

할망 야이 무신 두렁청헌 말을 허염시니?

우진 예?

할망 느만 완댜?

우진 예?

할망 가이 우리 손지랑 꼭고튼 아이라. 두린 때부터 맨들락 벗엉 이래저래 헤쌍 다녔주게. 아이고 가이도 폴때 되신 게.

우진 예?

할망 미란인 무사 또꼬냥에 안달앙 와시니?

우진 예? 또꼬냥에?

할망 (엉덩이를 우진에게 돌려 가리키며) 무사! 또꼬냥에! 안달앙! 와시니!

우진 그게…. (난감하다)

할망 귀눈이 왁왁허냐?

우진 (또야? 왁왁? 이럴 땐 어떻게 대답해야하지? 몰라) 아 네 왁왁합니다.

할망 으이구 두령청헌 게.

우진 (또 두령청! 도대체 뭐지?) 고맙습니다.

할망 곱곱도 곱곱도.

우진 하하. (고… 곱곱도는 뭐야?)

할망 저 우트레 미란이 가이 육지따이 만난댄허는 거 닮안 게 야이 닮은디… 겐디 어떵허난 아인 어릿두릿헌 아일 만남신고?

우진, 아무 말도 못하고 가만히 웃기만 한다.

할망 느 뚜럼이가?

우진, 그저 웃을 뿐이다.

할망 기냐 안기냐?

우진 예?

할망 고라보라 기냐 안기냐?

우진 (왜 갑자기 기라고 하지?) 예! (하면서 바닥을 기기 시작한다)

할망 메께라! 야이 정신에 고뭇가불어신가?

우진은 계속 기어다닌다.

할망 고만허라. 그만허영 이레 아지라.

우진 예?

할망 (앉는 시늉) 아저! 이레 아저!

우진 (앉으라는 말이다!) 아예! (두리번거리다 앉는다)

할망 느 멫이나 먹어시니?

우진 (멫?) 저 아무 것도 안 먹었는데요?

할망 또보라 두렁청허게… 맺 살 먹은 철이고?

우진 (몇 살!) 아! 33살입니다.

할망 게믄 가이영 멫 살 초이날 철이고?

우진 (멫 살 초이? 아 몇 살 나이 차이!!) 4살 차이입니다.

할망 조은게. 게민 독띠허고 도새기떤게 (손으로 짚어보며) 막 좋다게.

우진 아 예.

할망 겐디 소나인 심이 좋아사주. 심씨냐?

우진 예? 아니 저 신씨인데요.

할망 말앙!!! 심!

우진 아뇨. 저는 신씨.

할망 말앙!!! 심! 심!

우진　아아… 심요?
할망　심 이서사 놈이 똘 맥영 살리주!
우진　(갑자기 심은 왜 찾지?) 심은… 제가 연필을 안 쓴 지가….
할망　심이 쎄넨 들어보는디 무신 연필 말을 골암시니?
우진　저 할머니 제가 무슨 말인지 하나도….
할망　이레 조춤 아자보라.
우진　조춤?
할망　(몸을 잡아 누른다) 아지렌 골으난.
우진　예 (자리에 털썩 주저앉는다)
할망　(우진이 등에 올라타면서) 일어나보라.
우진　예 (일어난다)
할망　오꼿허게 일어나라. 혼저.
우진　(오꼿허게? 하여튼 일어나라는 말 같으니 일어나자.)

우진, 적잖이 놀라지만 할망을 업고 일어난다.

할망　이러저레 오몽허여보라. 삼소방으로.
우진　(오몽은 뭐지?) 삼서방이 누구시죠?
할망　아이고 이레저레 오몽허여보라게.
우진　(움직이라는 말인가?) 아 예.

우진, 할망을 업고 여기저기 다닌다. 할망 기분이 좋은지 업힌

채로 손을 들썩들썩 하며 노래를 부른다. 우진 마지못해 계속 업고 다닌다.

우진 (김미란!!! 할머니 성격이 소녀처럼 나긋나긋하시고 조용하시다며???)

할망 심은 좋다. 이번엔 날 들렁 아잣당 일어나보라.

우진, 무슨 말인지 몰라 꾸물댄다.

할망 할망을 심으라.

우진 예? 어떻게 할머니를 심어요? 나무도 아닌데.

할망 심으라고! 영 영! (하면서 자기를 잡게 하고)

할망, 천천히 우진 어깨를 잡고 우진에게 몸을 던진다. 엉겁결에 할망을 안는 우진.

할망 아지라.

뭔말인 줄 몰랐다가 할망의 손짓을 보고 판단한다.

우진 (내리라는 뜻이겠지?)

할망을 안고 천천히 앉는다.

할망 나가 노래 하크매 끝날 때꺼정 아잤당 일어났당 허여보라. (사이) 혼저!

앉았다 일어났다를 한참을 하다 무너지듯 쓰러지는 우진.

할망 아이고 몸떤 쇠고추룩 큰큰허난 심 호쏠 이시카부덴 해신디.

우진 (내가 지금 뭐하는 거지?) 죄송합니다.

할망 아이고 꽝이여. 아이고 꽝이여. 빼 뽀사졈쪄.

우진 (아니 이게 한국어야? 무슨 말인지 알아들을 수 있어야지?!!)

할망 아자보라.

우진 아자? (앉아!) 아! 예.

앉아보라라는 말은 이제 제법 알아들었는지 바로 앉는 우진.

할망 느 어디 따이고?

우진 예?

할망 메? 어디 따이고?

우진 (거의 울상지으며 웅얼거리며) 뭘 따여요….

할망 아이고 무사 영 못 알아들엄시니?

우진 (외국 나가서도 느껴보지 못하는 낯선 느낌이다. 과연 여기는…)

할망 뭐햄시니?

우진 예?

할망 무신거햄시냐게?

우진 (이해를 못해 허탈한 웃음만 씨익)

할망 곱곱행 오장데싸지켜.

우진 (곱곱? 오장? 무슨 말인지 모르겠다. 답답하다. 곱창 먹고 싶다.)

할망 나도 먹고쟁허다.

우진 (들킨 듯 놀라며) 네?

이제부터는 거의 바디랭귀지 수준으로 말을 한다.

할망 무사 읏뜨레 안강 이디레 와신고?

우진 예?

할망 아 거기 늦엉 문 종가신가? 게난 이짝더레 와신가?

우진 예?

할망 게난 오당 무신거 호쏠 좁아 먹언댜?

우진 예?

할망 밥밥! (먹는 시늉)

우진 아 밥요. 괜찮습니다.

할망 호쏠 이서보라 (퇴장한다)

우진 (외국 나가서도 느껴보지 못하는 낯선 느낌이다. 과연 여기는 단군할아버지를 시조로 같이 모시는 한민족이 사는 지역이란 말인가? 전라도와 충청도를 가로지르는 섬진강 줄기 따라 화개장터 다니는 아랫말 화동사람 윗말 구례사람이랑 같은 피를 가진 사람이 맞단 말인가?)

할망, 상을 들고 나온다.

할망 이디 왕 아즈라.
우진 네.
할망 (밥을 가르키며) 곤밥에 노몰이영 괴기영 하영 먹으라.

우진 멍하니 쳐다본다.

할망 (친절하게 설명하기 시작한다) 곤밥!
우진 … 곤밥.
할망 (나물을 가르키며) 노몰.
우진 아 나물이구나.
할망 노몰게!
우진 노물.
할망 도새기 괴기.
우진 도새기 괴기.
할망 돗괴기.
우진 돗괴기.
할망 뽕끄랑케 먹으라.
우진 예예. (뽕끄랑케? 할머니가 불어도 하시나? 무슨 말이지?)
할망 (계란후라이를 가르키며) 독새기지진거.
우진 (후라이가 뭐 이리 어려워?) 독새기지진거.
할망 놈삐짐친 안 좋아허느냐?

우진 ?

할망 (총각김치를 가르키며) 놈삐짐치.

우진 아 총각김치요?

할망 놈삐짐치.

우진 네 놈삐짐치 총각김치.

할망 메리치.

우진 아 이건 알아요. 멸치.

할망 메리치.

우진 예 멸치.

할망 메! 리! 치!

우진 네! 메리치. 볶음

할망 지진 거.

우진 예?

할망 메리치 지진 거

우진 아 지진거가 볶음이라는 말이네요. 그럼 아까 그…
아 이거도 지진 거? 어? 이건 후라이인데?

할망 독새기지진거, 메리치지진 거

우진 (혼란스러움을 떨치며) 아 네. 잘 먹겠습니다.

할망 고만 이서보라. (밥을 떠서 객석으로 던진다) 고시래~!

우진 아 고시래. (하며 밥그릇의 밥을 떠서 던지려는데 그릇이 엎어
진다)

할망 두렁청! 제나 잘콴다리여~! 맹심 안허영.

우진, 당황하며 흘린 밥을 담는다.

할망　호꼼 이서보라.

들어가서 새 밥을 가져오는 할망.

할망　와리지 말앙 먹으라.
우진　(와리지… 이젠 아프리카어 수준이다) 예 잘 먹겠습니다. (먹기 시작한다)

우진을 빤히 쳐다보는 할망의 시선이 부담스러운지 우진 밥을 빨리 먹기 시작한다.

할망　언친다게. 와리지 말앙 먹으렌 곧당봐도….
우진　예! (더 속도를 내 먹기 시작하다 이윽고 가슴을 친다)
할망　귓고냥에 당나귀 무신거 박아신가? 경 고라도 맹심 안행. (우진의 등을 두들겨준다) 서보라.

할망 들어가서 물을 떠온다. 물 받아서 마시는 우진

할망　언쳐시믄 바농으로 손 따주카?
우진　예? 예.
할망　(머리카락에 바늘을 비비고 우진에게 내민다)

우진 (화들짝 놀라며) 아 아닙니다! 괜찮습니다.

할망 물도 촌촌히 초분히 마시라.

우진 죄송합니다.

할망 죄송 죄송 죄송헐 일도 하쪄.

우진 죄송합니다.

할망 아이가 두련 경햄신가 아니민 돈뚜럼이가?

우진 (내가 영어 중국어 일본어 웬만한 언어는 다 하는데 이건 도대체 무슨 말인지 모르겠다. 두련? 돈뚜럼? 동남아 말인가? 저기 폴리네시아어 말인가? 어느 나라 말인 거야??)

할망 무사 혼자 중중중중 허염시??

우진 중중중중? 왜 혼자 중얼중얼거리냐는 말인가요?

할망 기여.

우진 예?

할망 기라고! 기! 기여!

우진 왜 또 밥 먹다가…. (바닥을 긴다)

할망 에이그 이 두렁청한 아이보라 (잡아서 일으킨다) 무신 말을 곧질 못하켜.

우진 (뻘쭘해진다) (김미란!!! 너 언제 올 거야??? 아 맞다 폰!! 충전!!) 저기 할머니 혹시 (가방에서 폰을 꺼내고) 이거 충전할 수 있을까요?

할망 그거 무시것고?

우진 제가 깜빡해서 충전기를 안 가지고 와서 이거 충전할 수 없을까요?

할망 그게 뭐허는 거고?

우진 밧데리가 다 되어서요 이거 충전해야 해서요.

할망 아~ 빠데루~!! 고만 이서보라. (하고 퇴장하고 다시 나온다) 마 이디 이쪄.

할망이 우진에게 건낸 건 AA건전지다.

할망 이거 시계 쏘곱에 이신 거 뺑온 거여 쓰라. 아시한테 사오랜하크매 걱정마랑 쓰라게.

우진 (보고 어이가 없다) 할머니! 이거 말고요~ 여기 밧데리가 따로 있어요.

할망 아이고 요망은~!! 그냥 주민 아무거나 쓰주 호쏠 썼댄 다른 거 도랜햄서! 새거나 고튼 거라. 논 지 얼마 안 되어서.

우진 (무슨 말인지 모르지만 할머니가 화가 나신 듯하다. 차분히 하자) 할머니 이건 건전지고요. 제 스마트폰 안에 네모난 배터리가 있는데 그게 지금 방전. 아니 전기가 다 떨어졌어요. 그래서 충전을 해야 하는데 혹시 없으시냐고요?

할망 니귀반듯헌 거?

우진 예? 니기반 듯? 예 할머니 이렇게 생긴 거요.

할망 게믄 호쏠 졸바로 곧주, 이서보라.

우진 아니 할머니 (두렵다. 할머니가 과연 맞는 것을 가져올 것인가? 가져왔는데 내가 아니라고 하면 서운해 할 것인가 버럭 할 것인가? 자 잘 대처를 하자. 제발 맞는 걸로 가져와 주세요 제발)

할망 다시 뭔가를 가져온다. 멀리서 보아도 부피가 나가는 거다. 우진 난감해진다.

할망 (후레쉬 건전지를 넘기며) 자 니귀반듯헌 거. 이거 후라쉬에서 빵온 거.

우진 (미란이를 향한 내 마음이 점점 더 변질되어가는 듯하다. 밉다 김미란!!! 너 언제 올 거야…?)

할망 미란인 알앙 올 테주.

우진 예?

할망 미란인 알앙 올 거라.

우진 예? 저 혼자 맘속으로 얘기한 건데? 들… 리세요?

할망 게매 무사 나가 들렴시니…? 이것도 말아? 안 쓰컨 말라.

우진 아닙니다. 그거 주세요.

할망 우진한테 밧데리를 주자마자 정전이 되어버린다.

할망 메께라! 전기 또시 나가부러신 게.

우진 여기 전기가 자주 나가나보죠?

할망 거 돌라.

우진 예?

할망 돌라고.

우진 (이번에는 왜 갑자기 돌라고)

우진, 제자리에서 빙글빙글 돈다.

할망 야이 뭐햄시니 히어뜩허게. 제기제기 돌라고! 돌랜 허난!

우진 돌고 있어요.

할망 아이고게 나가 질러죽주.

우진 더 빨리 돌아요?

할망 아이고게 고만허고. 그거 제기제기 아니 빨리 돌라게!!

우진, 할망 손을 잡고 춤을 추기 시작한다. 어느새 스포츠 댄스를 추는 두 사람. 클라이막스 부분에 우진 빨리 돌다가 쓰러진다. 할망, 우진한테 다가와 밧데리를 가지고 퇴장하고 후레쉬를 비추면서 온다.

할망 (우진을 비추며) 제나 잘콴다리여. 그만이 그만 돌랜허단봐도… 나 말 안 들으난 영 되었주.

우진 죄송합니다.

할망 또시 죄송.

우진 그런데 할머니 아까부터 하신 잘콴다리여는 무슨 말이에요?

할망 제나 잘콴다리?

우진 예.

할망 괜찮냐는 말이주게.

우진 아 네.

할망 뭐햄시니? 자빠진 김에 눵 자젠?

우진 네?

할망 잠! 잠! 바닥에서 잠?

우진 (빠르게 일어나며) 아 네. (사이) 전기가 나갔는데 어떡하죠?

할망 게매. 구신이 장난치난 나갔주.

우진 구신요?

갑자기 늘어지고 저음 목소리의 불경이 나온다. 우진 깜짝 놀란다.

할망 아이고 저건 났닥말았닥 햄쩌 원.

할망, 카세트 가까이 가서 툭툭 치니 다시 정상음이 되다가 갑자기 빨라진다. 할망 다시 툭툭 치니 그제서야 정상속도로 불경이 나온다.

할망 사름이나 기계나 독독 모사야 말 듣주.

우진 아 네… (사이) 그런데 할머니.

할망 무사.

우진 정전이 되었는데… (사이) 어떻게 카세트가 나오죠?

불경소리가 갑자기 멈춘다. 분위기가 갑자기 오싹해지던 찰나 카세트에서 '걸려신게 걸려신게 걸려신게' 라는 문구가 불경처럼 나온다.

할망 저거 이젠 죽여사켜. 너!

소리가 갑자기 정지되고 할망, 우진을 무섭게 노려보며 다가온다. 우진 공포에 질려 슬슬 뒷걸음질 친다. 할망이 손을 높이 드니 우진 비명을 지른다.

할망 (카세트를 손으로 세게 때린다) 빠데루로 끼는 거난 나오는 거주게.

멀쩡하게 불경이 나오다가 다시 카세트에서 걸려신게 걸려신게 소리가 나오고 할망, 카세트를 다시 세게 내리친다.

할망 야인 무시것이 계속 걸렸댄 햄시니?

이윽고 조용해지는 카세트.

대신 한쪽 방에서 으으으 하는 낮은 소리가 들리며 문이 천천히 열린다. 열린 문으로 커다란 좀비가 밖으로 기어나온다.

우진 으아~~~~~~!!!!!!

할망 어이구 이노미 술광질다리 하르방 대낮부터 술취행 눵 잔게마는 이제 일어납디까?

하르방 (천천히 일어나 앉으며) 나 몇 시간 자서?

할망 시계 어습디광?

하르방 (시계 들고 보여주며) 시계 안감서.

할망 아고. 아까 야이주젠 빼어 불었구나게.

하르방 불은 무사 꺼서?

할망 정전되수다.

하르방 게믄 초 찾앙 키라.

할망 고만이서봅서

할망이 초를 찾아와서 초에 불을 킨다. 주변이 조금 밝아진다.

하르방 야인 누게고?

할망 저 우뜨르 말젯년 옆 착이우다.

하르방 아이고 말젯년 옆 착이라?

할망 예. 인사허라 우리 하르방이라.

우진 안녕하세요.

하르방 기여.

우진 예? 또 기어요?

하르방 무사?

우진 아닙니다. (또 엎드려서 기어다닌다)

하르방 야이 어떵헌 아이고?

할망 호썰 두리나 두루에 닮쑤다. 말젯넌 어떵허단 영헌 아일 만나신고?

하르방 얼굴은 뺀지룽 헌게게.

할망 일어서보라.

우진 예 할머니.

하르방 이레 조끄뜨래 와보라 봐보게.

우진 예?

하르방 조끄뜨래

우진 여기서요?

하르방 무사?

우진 아닙니다.

우진 울상을 지으며 바지를 벗으려고 한다.

할망 메께라 뭐햄시니? 무사 옷을 벗엄시니? 혼저 입으라.

우진 아니 할아버지께서 조….

할망, 우진을 데리고 하르방 옆에 가서 앉힌다.

할망 조끄뜨레 옹? 이추룩(보여주면서) 가찹게. 조끄뜨레. 이게 조끄뜨레여.

우진 아 네~ 조끄뜨레가 이런 말이군요.

하르방 느가 가이가? 질동이 아방 사우 꼬슴?

우진 예? 예.

하르방 하르방신디 하도 하영 들으난 나도 보지 그리원.

우진 예?

하르방 바짝 보지 그리워시녜.

우진 (무슨 말들이 다들 19금 말들이란 말인가! 리액션을 어떻게 해야 하지?)

하르방 무사.

우진 아 아닙니다.

하르방 이제 멫이나 나시?

우진 예?

할망 멫 살! 멫 살!

우진 아 네. 서른세 살입니다.

하르방 무신 일 햄시니?

우진 마농의 샘이라는 작은 레스토랑 운영하고 있습니다.

하르방 마농? 마농 일 햄구나?

우진 예 마농의 샘.

하르방 (할망 보고) 제권이어멍 마농 호꼼 가졍와봐.

할망 손 어수꽈?

할망, 마늘을 하르방한테 던진다.

하르방 (우진에게 마늘을 건네며) 이거 우리 마농인디 어떵허연 흙질 안행 존존햄져. 무산지 혼번 봐보라.

우진 아 이게 마농… 할아버지 제가 마늘 일을 하는 게 아니고.

하르방 아까 마농일 한덴허멍?

우진 마농의 샘이라고 프랑스식 식당 운영하는 겁니다.

하르방 게난 마농 세멍 식당 허는 거 아니라.

우진 마농은 마늘이 아니구요.

하르방 야 이보라! 하르방이랜 내무리젠 허염시냐? 나가 공분 잘 못해놨주만 마농을 몰르느냐? 시설난 물애기도 다 안다.

우진 할아버지 마농이 프랑스 말인데요.

하르방 나 창지 데싸불잰 햄서?? 마농이 무사 프랑스 말이라 우리 제줏말이주!

우진 아 예 우리 제줏말이고요. 죄송합니다.

하르방 프랑스 놈들이 또시 우리 말 들러간 건게.

할망 그걸 무사 들러갈 말이꽈?

하르방 할망도 몰람구나? 우리 낭푼이 들러강 거 머시냐게 자동차 경기행 1등허믄 우리 낭푼이 주멍 그낭푼이 그낭푼이 햄자.

우진 아 예 그건 그랑프리.

하르방 허당 버치난 이젠 마농도 들렁간거라? 나쁜 노미 새끼덜허당으네.

우진 죄송합니다.

할망 야인 인칙부터 죄송죄송죄송, 영해도 죄송, 정해도 죄송. 몬딱 죄송.

하르방 무신 죄 하영 지신 모양인게?

우진 아닙니다. 죄는요. 저 착하게 살았습니다.

할망 게믄 그놈이 죄송하다 죄송하다 조그마니 허라.

우진 네 알겠습니다. 그런데 두 분 혹시 전화기 없으세요?

하르방 전화기? 무사?

우진 제 전화기 밧데리가 다 떨어져 가지고요.

하르방 저거 이시녜.

하르방이 가리킨 곳에 일반 전화기가 있다. 그것도 옛날 전화기.

우진 전화기 좀 써도 될까요?

하르방 아멩이나 허라. 쓰구정허건 쓰라.

우진 (아멩은 또 무슨 말이냐…) 예.

우진, 전화기를 들어 전화를 건다. 하지만 신호는 가지만 발신 금지라고 나온다.

우진　발신금지네요.

할망　그게 뭣고?

우진　여기서 전화를 걸 수가 없다고요.

할망　못 건다고? 아이고 이놈이 하르방 제기제기강 전화 요금 냅셴허난. 돈 줍써 나가 강 내크매.

하르방　(머뭇거리다) 어서.

할망　무사 어실 말이꽈? 아칙이 나가 안 내신디.

하르방　원희룡이 만낭 술 한잔 했주.

우진　할아버지 원희룡장관 아세요?

하르방　아니여 이름만 같은 하르방 이쪄.

할망　아이고 이 술광질다리 하르방 그게 어떵헌 돈인디 그걸 들러먹을 말이꽈?

우진　(희한하다. 할머니 말이 조금씩 이해가 된다)

하르방　이놈이 할망이! 살당보민 술 혼잔 먹을 수도 있주게. 그걸가졍 몰르는 외방 사름 이신 자리에서 날 내무렴나?

할망　아이고 부치로운 줄은 알암쑤과? 알멍 무사 먹읍띠가?

하르방　그만허여이.

할망　무사 그만헐 말이꽈? 돈 혼푼 안 벌어오멍 술만 술만….

하르방　이 할망탱이가 콱 모사불카! (손을 들다 담이 결려 주저앉는다)

할망 제나 잘콴다리여! 모심을 나쁘게 쓰난 영 되는 거우다!

하르방 (넘어진 채로) 든구경 안 허여. 야 느 뭐햄시? 나 혼저 일리라.

우진 일리라? 아 네. (다가가서 하르방을 일으킨다)

하르방, 할망을 때리려는 듯 다가갈 때, 불이 켜지고 족은 할망 등장한다.

족은 설러붑서~!!

하르방 뭐허레 와서?

족은 불은 무사 꼉 살암수꽈?

할망 와시냐? 오꼿 불이 나가불었져.

족은 (하르방보고) 겐디 무신 성님신디 돌려들엄쑤과? 지세 멍 때리젠?

하르방 상관허지 말아. 어디 끼어들젠 햄서?

족은 저놈이 손꼽데기 짤랑 바당에 물괴기신디나 줘부러사주 아직도 정신 못차려신게.

할망 게메말이여. 게난는 이 시간에 어떵 오라져니? 하르방 돌아가젠?

족은 아이고 마우다. 성님이 가집서. 난 마우다.

할망 나도 필요 어시난 혼저 가져가라.

하르방 이 할망덜이 날 가졍 놀암서?

족은　하르방 데껴부러뒁 성님허고 혼디 살카마씨?

할망　경을허나. 저 하르방 저엉강 데껴뒁오라.

하르방　어어? 이 할망덜이?

할망　제권이 아방? 밥 혼직이라도 얻어먹컨 잘협써. 혼번 만 더 광질허민 쫓아내불크매.

하르방　경허여. 누게가 겁나카부덴….

족은　겐디 야인 누게꽈?

우진　(어? 드디어 내 차례가 온 것인가? 누게? 아~ 누구!) 안녕하세요!

할망　저 웃뜨르 말젯년 옆짝 꼬심.

족은　아이고게!! 느가 가이가? 그 먼먼헌 디서 오젠허난 폭삭 속았져게.

우진　(예 할머니 저 많이 속았어요 흑흑) 고맙습니다.

할망　이짝은 우리 아시. 우리 손지들 아방의 족은 어멍.

우진　아 네. (손지? 손주인가? 그럼 미란이! 족은 어멍은 뭐지? 아방이면 장인어른이고 아방의 족은 어멍이면… 족은? 작은? 작은 어머니. 아~ 작은 할머니구나!)

족은　겐디 말젯년은 어디 이시?

우진　아 네~ 일이 생겨서 오늘은 못 내려오고 내일 내려올 것 같습니다.

족은　가이 바빰꾸나게? 한걸허댄 들어신디 져르졌구나게. 바쁜 게 좋은 거주 한걸허민 딴 생각이나 허고.

우진　예 역시 우리 한글이 최고죠. (족은 할망이 쳐다보자 엄지

를 척 든다)

족은 (사무적으로) 한걸하단 말은 우리말 한글이 아니라 한가하다는 제주도 말입니다.

우진 어!!! 표준말 잘 쓰시네요!!! 우와~~!!! 제가 그동안 얼마나 답답했는데. 할머니! 통역 좀 도와주세요.

족은 통역? 무슨 통역이 필요하십니까? 서툴긴 하지만 호쏠 할 줄 아니까 도와주마.

할망 쟈이 무사 곤밥 먹은 소리하맨.

하르방 난 알말이라?

족은 야이 성님네 말 호쏠도 못 알아들었댄 햄쑤께. 아인 울쿠다. 울크라.

할망 아이고 기여게. 경허는 거 닮아라게 뭐랜골으민 뚜런뚜런허고 툭허민 기어다니고? 나도 곱곱허영 죽을 뻔 허였져.

몸이 자연스레 바닥으로 가는 우진.

족은 그래라는 사투리여 기여 안기여 그래 안 그래?

우진 (일어서며) 아 그렇군요! 기여 하니까 난 그것도 모르고 계속… 흑.

족은 (등을 톡톡 두드리며) 기여기여 속았져.

우진 택시기사한테 속기도 했고… 흑.

족은 아이고 기구나.

우진 할머니는 계속 힘 테스트 시키고….

족은 성님 야이 뭐 시킵데강? 야이 울엄쑤게.

할망 나 들렁 몇 번 아잤닥 일어났닥 헌 거뿐이 어신디 울 말이가?

하르방 저 사름이! 나나 허여봐.

족은 되어수다.

우진 그런데 할머니는 어떻게 이렇게 통역을 잘 하세요?

족은 나? 처녀때 서울에 일허레강 몇 년 살당 와시네.

우진 아아 네. 무슨 일을 하셨어요?

족은 일수.

우진 예?? 이… 일수? 그 손가방 들고 배꼽 위까지 바지 올려입고 다니는 그런….

족은 어 기여.

우진 무서운 분이셨군요.

족은 곗돈 일수를 해서.

우진 아아 곗돈 일수.

족은 돈 하영 벌어신디 친구가 돈 들렁 도망가부난 땅거지 되어부렀주.

우진 아이고….

족은 아이고 술 생각남쪄. 술 이수꽈?

하르방 술 허카?

할망 야 아시야. 술 먹컨 느네 집에강 먹으라이. 난 술자만 들어도 이가 골렴쪄. 겐디는 무사 와시니?

족은 아이고게 나 정신 보라. 오늘 식게 아니꽈? 식게 출려사 헐 거 아니꽈?

할망 식게? 아이고 나 정신보라게 아덜 식게도 몰랑 지나갈 뻔해쪄. 이제 갈 때 다 되어가는 생이여.

하르방 거 나신디 뭐랜 곧지 말앙 정신호썰 출려게.

할망 게난 하르방은 막 정신이 좋안 식겟날 술을 망고냉이 고추룩 먹언 들어옵디가?

하르방 하도 칭원허난 경헌 거지 술이 기리왕 먹은 거냐?

할망 하이고 저기 이신 강생이가 우시쿠다. 혼저 출려샤켜. 이신거가정 해야큰게.

족은 나가 호솔 초령와수다.

할망 아이고 잘허였져. 착허다. 속았져.

우진 할머니 식게가 뭐예요?

족은 제사! 이집 큰 아덜 제사. 도와줄타?

우진 도와달라고요? 당연하죠~!

족은 게믄는 저기 강 저 상이나 피라.

우진 예? 예 알겠습니다.

이제부터 식게가 준비된다. 엄숙하고 느린 준비보다는 유쾌하고 밝은 분위기로 식게가 준비되었으면 좋겠다. 할망이 차리면서 선창하면 우진이 후창하는 식으로 하면 좋겠다. 노물하면 노물 하는 것처럼.

차려진 제사상. 허나 한 명이 있어야 할 제사상에 2명이나 더 있다. 흑백사진으로.

우진　그런데 큰아버지 말고 또 돌아가신 분이 계시네요
족은　저펜이 이신 사름이 큰 아덜이고 이짝펜이 이신 어룬허고 저팬이 이신 어룬은 4.3 때 돌아가신 시아방이영 시삼춘이여.
우진　같은 날 함께 돌아가신 거예요?
족은　기여. 경헌디 고튼날에 식게를 허난 심안들엉 좋기도 헌디 영 혼번에 봐야하난 안 좋기도 허고 허다.
우진　오늘 4월 3일 아니잖아요?
족은　아니주.
우진　근데 왜 제사를….
족은　4.3이 4월 3일에 죽은 줄 알아시냐?
우진　네. 전 4.3 사건이 4월 3일 하루에 다 돌아가신 걸로 알고 있었어요.
하르방　1년도 더 길게 갔져.
우진　1년요?
하르방　따졍보믄 지금까정 온 거고.
우진　지금까지요?
하르방　제주도 출신이랜 연좌제 걸령 공직에도 못 올라가고 사관학교 같은 데도 못 가공.
족은　그게 언제적 일이꽈? 인칙에 바뀌어수다.
하르방　바뀌어시냐? 무사 난 똑같은 거 닮으니? 우리 아방이랑 족은아방 일하러 나강 한동안 안 돌아오당 시체로 돌아와신디 사름덜이 빨갱이랜. 빨갱이 돕단 죽어시난 빨갱이랜.

족은 무사 그 말 안 들은 사름덜이 이습디광? 나도 빨갱이 딸이랜 손가락질 당허멍 컸주. 4.3때 죽은 사람덜은 식게도 제대로 못 지내서. 잡혀가카부덴 몰래몰래 지내난 까마구도 모르는 식게 지냈주.

우진 아아… 까마귀도 모르는 제사. 슬프네요. (사이) 큰아버님은 어쩌다 돌아가셨어요?

족은 열심히 살당. 병이신 것도 모르고 열심히 살아신디 하루아침에 자빠정 못 일어나쪄. 어멍 아방이랑 나한티 얼마나 잘해신디… 나이 먹을 때까정 장개 못 보냉게 한이 뒘쩌.

할망 (아들 사진을 들고 만지며) 아이고 우리 아덜… 어멍이 오꼿 까먹어시네. 미안하다이~ 어멍이 가끔 정신 왁왁햄서. 아덜한테 갈 때 다 된 거 닮다.

족은 성님은 요망도. 경 소리맙써. 오래오래 살당 가야주. 아덜이 그 소리들엉 잘도 지꺼지쿠다.

할망 게믄 어멍 만나는디 안 지꺼지카? (사진 만지며) 잘 생겨서 우리 아들. 보라게. 거 누게냐 현빈이랜 하는 아이보다 잘 생기지 않아시냐?

우진 (당황하며) 아 네…. (현빈 팬들한테 테러 당하면 어쩌지?)

족은 고슴도치도 지 새끼 이쁘덴하는 거 딱 성님이우다.

가이가 잘 생겨수꽈? 곰 같이 생경으네. 아방이랑 똑 닮았주.

하르방 무사 나 닮아서? 나가 자이보다 잘생겼주!

족은 아이고 못난 아방. 아들 이겨먹지 못행 몽니 부렴수꽈?

하르방 몰람구나이? 나 마을회관 가믄 할망덜이 나보멍 추앙햄수다 추앙햄수다 하는 거 몰람찌?

할망 저 하르방 미쳤져.

족은 게매예.

하르방 (우진을 보며) 느가 집사 도우라.

우진 집… 집사요?

족은 저짝에 성 허랜허는 것만 허믄 된다.

우진, 하르방이 시키는 대로 식게를 도운다.

식게는 경건하지만 너무 무겁지 않게 진행한다. 이윽고 끝내는 시간.

족은 절허라.

우진 (족은 할망한테) 네. 같이 하시죠.

족은 여잔 절 안 헌다.

우진 예? 왜요?

족은 경허고 난 이집 사름 아니난 더.

우진 그거 무슨 말인지.

하르방 시끄로와게. 제기 치와게 (족은 할망한테) 이녁은 이거 걸멩 하공.

족은 할망, 조금씩 뗀 음식들을 들고 퇴장한다.

할망 족은 할망이여.

우진 예 작은 할머니

할망 나가 큰 할망인 거고. 쟈인 족은 할망. 하르방 호나에 각시가 둘이주.

우진 아아… 그런….

할망 게난 호적에도 못 오르곡 식게 때도 구석에 붙엉 이서야하주.

우진 아 네 그렇군요.

할망 게고 (사진 속 큰아들을 가리키며) 쟈이 족은 할망 아덜이여.

우진 예? 작은 할머니 아들요?

할망 기여. 배아팡 나은 아덜. 난 애기 호나도 못난 어멍. 식게날에는 자이가 제일 아플 거여. 친 어멍이 아덜 죽어신디 안 아프크냐? 아파도 티 안 내는 거주.

우진 아 네… 그런 사연이 있었군요.

할망 겐디 이젠 나 말 호쏠 알아졈시냐?

우진 그러게요? 이젠 말이 들리네요?

할망 요망진 게.

우진 요망… 아 이거 들어봤는데… 까먹었어요.

족은 (돌아오며) 똘똘하단 말이주. 영리허다. 그런 말.

우진 아 맞다~! 그럼 저 요망진 손녀 사위로 인정해 주시는 거죠?

할망 손녀사우? (사이) 경해불라. 또시 시집가랜 해불주.

우진 경해불라. 그렇게 해라 맞죠?

족은 잘도 알암쪄 요망진 아이 마진게.

우진 아싸~~~!

하르방 (들어오며) 뭣에 영 지꺼졍?

우진 예? (족은 할망 눈치를 보고) 할머… 니?

족은 지… 꺼지라고.

우진 꺼지라고요?

족은 기여.

우진 정말요?

족은 농담이여 기분이 왜 좋으냐는 말이여!

우진 아이 할머니~~!

하르방 뭐햄서? 밥 먹엉 제기제기 눵자사주.

우진 밥 먹어요?

할망 식게 상 설렁 음복해사주. 구신들 먼저 먹고 우리 먹고.

우진 구신요?

갑자기 다시 불경이 울린다. 쳐다보니 멈추다가 다시 걸려신게

걸려신게 울리자 할망 가서 카세트를 친다. 그제서야 꺼지는 카세트.

족은 저거 안 데껴수꽈?

할망 무사 데낄말이고 혼대 탁허게 모사불믄 잘 나온다.

족은 나가 호나 사드리크매 데껴붑서.

할망 기냐? 게믄 나 내일 데껴불마.

하르방 뭐햄서~!!! 밥 출려게.

두할망 알아수다~!

분주히 움직이는 할망과 족은 할망. 그 모습을 지켜보는 우진. 암전.

밤이 지나고 새벽을 지나 아침이 된다. 무대에 사람들이 없다. 이때 집전화가 요란히 울린다. 전화는 울리는데 아무도 안 받는다. 부스스한 차림의 우진이 방에서 천천히 걸어나온다.

우진 전화가 돼? 아 수신제한은 안 걸렸구나. 할머니~!!! 할아버지~~!! (한참을 부르다 전화기로 다가가 전화를 받고) 여보세요?

미란 여보세요? 할아버지꽈?

우진 미란이?

미란 예.

우진 나야. 왜 안 내려오는 거야~ 나 혼자 놔두고.

미란 저야 애 키우느라 시간이 없어서 못 내려가죠. 근데 누게꽈?

우진 누게꽈? 자기 사투리 잘하네? 누구긴~! 자기 남편이지~!

미란 네? 장난하지 마시고요.

우진 장난하지 마시고요~ 여기 핸드폰 충전하는 거 없어?

미란 여보세요? 진짜 누구세요? 자꾸 장난치면 신고합니다.

우진 신고합니다~ 신고해 신고해~! 괜히 미안해서 그러지? 괜찮아 다 이해해.

미란 저희 할아버지 어디 계세요? 바꿔주세요.

우진 (장난치면서) 당신의 할아버지를 납치했다.

미란 여보세요? 여보세요?! 당신 누구야?

우진 (웃으며) 장난이야 장난. 내가 용서해줄게. 언제 내려올 거야?

미란 당신 정말 누구야? 나 당장 거기 간다?

우진 그래 당장 와.

미란 여보~!! 지금 할아버지집에 이상한 사람이 와있어! (뭐라고? 어떤 놈?) 어! 당신 오늘 회사 가지 말고 시골 가자! (그래 일단 신고해) 알았어.

우진 (이상함을 느껴서) 여보세요? 미란아.

미란 당신 내 이름 어떻게 알아? 거기 딱 기다려!

우진 나 우진이야.

미란 우진이가 누구야?!!

우진 김미란 아니… 에요? 오류동 사는?

미란 오류동? 거긴 어디야? 난 오라동 사는 오미란이야!!! 일단 딱 기다려!! 금방 갈 테니.

우진 저기… 여보세요? 그럼 여기 손녀가 김미란이 아니라….

미란 무슨 소리 하는 거야? 할아버지가 오씨인데 어떻게 김미란이 돼?

우진 (뭔가 잘못되었다는 것을 깨닫고) 죄송합니다. (전화를 끊는다)

툭하고 끊어버리는 우진. 급하게 나가 문패를 보고 다시 들어온다. 사색이 된 우진. 이때 다시 전화가 온다. 한참을 안절부절하면서 전화를 일부러 외면한다. 전화가 끊기니까 움직이려고 하는데 다시 전화가 울린다. 불안해하면서 다시 전화를 받는 우진.

우진 죄송합니다. 제가….

경찰 여기 남원파출소인데요. 신고가 들어와서.

엉겁결에 전화를 끊는다. 전화가 다시 울리자 전화기 선을 뽑아버린다. 잠잠해지는 공간. 우진 어쩔 줄 몰라 한다. 어떡하지라는 표정으로 계속 맴돌다가 짐을 싸려고 퇴장한다. 짐을 챙

기고 나올 때 넘어지면서 짐들이 쏟아진다. 집으로 들어오는 할망이랑 마주친다.

할망 제나 잘콴다리여.

우진 (일어나며) 아 할머니.

할망 죄 지은 사름고추룩 무사 와리멍 돗잰햄시니?

우진 예? 와리멍 돗젠햄요?

할망 어디 가잰?

우진 갑자기 급한 일이 생겨서요.

할망 기구나. 게믄 죽이라도 호쏠 먹엉가라.

우진 (갈까말까 고민하다가 앉는다) 네.

할망 너 주젠 아까 끓였져. 구쟁기 놩 베지근허게 끓여시매 먹엉가라.

할망, 퇴장하고 죽을 들고 나와 우진 앞에 놓는다.

할망 먹으라.

우진 (죽을 한참을 보다가) 저기 할머니… .

할망 (김치를 찢으며) 제기 먹으라 늦으켜. 이거 혼디 놩 먹어보라. 나가 담아시네게.

우진 예….

이때, 하르방도 들어온다.

하르방 일어나시냐? 지금 가젠?

우진 예. 할아버지 여기 와서 죽 드세요.

하르방 말다. 나 밥 먹켜. 죽은 느나 하영 먹으라.

우진 아 예. (먹는다. 천천히 그리고 속도를 내서 먹는다) 맛있게 먹었습니다.

하르방 이거가 백년에 한번 나온댄 허는 거라 멩심히 잘 가졍이시라. (하면서 뭔가를 건넨다)

우진 이게 뭔가요?

하르방 요 배께띠 거멍한 나무 이실 거여. 탄 거. 그게 베락 맞은 대추나무라. 그거 쫄랑 만들어시메 나중에 도장 팡 쓰라.

우진 이렇게 귀한 걸 왜 저를….

하르방 무사 손녀사우 주믄 안 되는 거라? 나가 조앙주는 거여.

우진 아 할아버지 그게….

이때, 족은 할망도 들어온다.

족은 가젠햄꾸나이. 걸라게. 나가 호쏠 도와주쿠메.

우진 아니 그게 작은할머니 일부러 그런 게 아니라 제가 주소를 잘못 받아서….

족은 (무대 한쪽을 가리키며) 저짝으로 5분만 걸으믄 느가 가야할 웃뜨르 집이 나올 거라. 미란이네 할망집. 김미란이.

우진 (울컥한다) 아셨어요?

할망 게게 나가 안고라냐? 또 놀레오라. 호룻밤 인연도 인연이난.

하르방 잘 가라이. 미란이랑 애기도 하영 낳고 잘 살라이.

우진 할머니 할아버지~! (안기려고 뛰어간다)

이때 마침, 경찰 사이렌 소리가 울린다.

할망 이거 무신 소리라?

하르방 느 무신 죄 지어시니?

우진 그게…. (전화기로 가서 뽑힌 전화선을 들어보인다)

하르방 어이구 우리 할망들 닮앙 귀꼇이여~~!!

할망들 무스거?

두 사람 뭔가를 들고 하르방에게 다가가자 하르방 급하게 피하려고 하다 전화선에 걸려 넘어진다. 이 모습을 본 할망과 족은 할망 통쾌해한다.

우진 (하르방에게 다가가서) 할아버지! 제나 잘콴다리하세요?

하르방 무스거? 이놈이?

할망들 제나 잘콴다리여~!!!

족은 도르라 도르라.

우진 예?

족은 도망가라고~!!!

경쾌한 음악이 나오고 우진 부랴부랴 짐을 챙기고 나간다. 할망과 족은 할망이 우진을 배웅하며 퇴장한다.

하르방 무스거? 나보고 제나 잘콴다리라고? 제나 잘콴다리??? (허리를 부여잡고 나간다)

밖에서는 계속되는 경찰 사이렌 소리와 경쾌한 음악이 우진의 비명과 하르방의 외침과 함께 들린다.

끝.

한국 희곡 명작선 180
'제나 잘콴다리여~!'

초판 1쇄 인쇄일 2024년 10월 16일
초판 1쇄 발행일 2024년 10월 25일

지 은 이 강제권
만 든 이 이정옥
만 든 곳 평민사
서울시 은평구 수색로 340 <202호>
전화 : 02) 375-8571 / 팩스 : 02) 375-8573
http://blog.naver.com/pyung1976
이메일 pyung1976@naver.com
등록번호 25100-2015-000102호
ISBN 978-89-7115-865-4 04800
978-89-7115-663-6 (set)
정 가 7,500원

이 책은 사단법인 한국극작가협회가 한국문화예술위원회의
2024년 제7차 대한민국 극작엑스포 지원금을 받아 출간하였습니다.